むすび・言葉について　30章

中村稔

青土社

むすび・言葉について　30章

1

口語では「君の名は」を「君が名は」と
言いかえられないことに気づいて、驚いた。
それというのも、「ひっそり君が歩く音」を
「ひっそり君の歩く音」と言いかえられるからだ。

同じく、「私が好きなジョウビタキ」を
「私の好きなジョウビタキ」と言いかえられる。
しかし、「私の受験の失敗を母が嘆いた」を
「私が受験の失敗を母が嘆いた」とは言いかえられない。

だから、「が」と「の」は互換性があるけれど、
主語はヒトでも事物でも差支えないけれど、
受ける言葉は形容詞か動詞であって、名詞であってはならない。

その程度に私たちの文法は緩やかなのだが、
私が、お前の愚かさに呆れた、と言えても
お前が愚かさに呆れたとは言えない、難しさがあるのだ。

2

「時は逝《ゆ》く、赤き蒸汽の船腹《ふなばら》の
過ぎゆくごとく」※1という詩句の新鮮さは
過ぎゆく時間を蒸気船の船腹に塗られた
赤い色彩が過ぎ去ることにたとえたことにある。

この赤はいつまでも眼裏に残るだろう。
赤という言葉がたんに一つの色彩をあらわす以上に
はたらきをもつことを教えるのだが、
この赤そのものには過ぎゆく時間への哀惜があるわけではない。

「黒き檜は沈静として現《うつ》しけき、
花をさまりて後にこそ観《み》め※2」
この作の時点で作者はすでに視力を失っている。

作者が立ち向っているくろぐろとした黒い檜が現実なのだが、
はなやかな花の色を作者が幻にみている。
この色彩を失った言葉がかえって私たちの心をうつのだ。

※1　北原白秋『思ひ出』より
※2　同『黒檜』より

3

「たち」は（人・生物を指す語に付けて）複数を表す、
「ら」は（体言に付けて）複数を表す、と辞書はいう。[※1]
たしかに「私たちは失業した」「君らは馘首《くび》だ」といい、
「熊たちが徘徊する」「鼠らを猫が狙っている」という。

しかし、植物も生物の一[※2]であり、体言だが、
「人参たちが不作だ」とはいわないし、
「ダリアらが萎れていた」とはいわない。
だから、「たち」「ら」でつねに複数を表せるわけではない。

複数は二以上というだけの意味だから、複数だからといって
本当にどれほどの数かは分らない。それ故、
複数の言葉を使っても具体的、現実的な光景は描けない。

たとえば、数百のサシバの群が次々に飛び立っていった、と比べ
サシバらが次々に飛び立っていった、はずいぶん拙い表現だ。
私たちの言葉が複数を持たないので私たちはかえって自由なのだ。

※1　岩波国語辞書第七版・新版
※2　前同

4

散歩の途上、気づくと日没に近く
周りが刻一刻と暗く寂しくなり、
途方にくれるときがある。風が木々を揺らし
私も風になぶられて、言うべき言葉を失う。

言葉を失うのは私が一人でいるときだけではない。
相手があっても、相手が悲しみに沈んでいるとき、
慰めることさえはばかられると感じるとき、
私たちは口を噤んで相手と悲しみを共にするようにつとめる。

散歩の途上、私が言葉を失うのは、
私の孤立感のためだし、相手の悲しみに口を噤むのは
相手の孤立感を相手と共有するためなのだ。

言葉は私たちが社会的な場にいるときしか機能しない。
私たちが社会から見捨てられ、孤立していると感じるとき、
言葉は私たちをつつむ闇の隅にひっそり身を潜めている。

5

ヤブツバキの巨木が伐採された。樹齢二百年強、
高さ三メートル余、幅六メートルほどまで枝をひろげ、
葉はびっしりと稠密、いつもつややかであった。
厳寒、数百の真紅の花をひらき、凩にも耐えていた。

私はヤブツバキの嗚咽し、歔欷する声を聴いた。
ヤブツバキの痛みは私の痛みであった。
私は感性においてヤブツバキと同化していた。
ヤブツバキの嗚咽し、歔欷する声は私の声でもあった。

私たちは草木鳥獣、山野などの自然と対話し、
自然が傷つくときは私たちも傷ついて自然と同化し、
同化した感性を表現する。それが言葉のはたらきの一面だ。

私たちは山が笑うといい、山が眠るという。
こうして自然と同化し、豊饒な自然に向き合い、
私たちの感性をみがき、新鮮な言葉をさぐるのだ。

6

耳を澄ますの耳は聴力の意であり、
澄ますは濁りをとり除いて純粋にすることを意味するから、
耳を澄ますとは聴力をはたらかせるため注意を集中し、
聴力のかぎり純粋な言葉を聞くように心がけることだ。

だが、たとえば、ある中年の男性が多年の失業に喘ぎ、
ある若い女性が末期乳癌の痛みに耐えていても、
彼らは口を噤んでいるかもしれないし、口にしても
路上の雑音にかき消されて、聞きとるのは難しい。

だから、言葉にならない言葉があり、
雑音にかき消されて聞こえない言葉があり、
耳を澄ましても日常の底に潜む悲鳴は聞こえない。

言葉はつねに聞くことができるわけではない。
耳を澄ますとは、聴力のかぎり注意を集中し、
聞こえない純粋な声を聞こうとする心がけにすぎない。

7

世界の惨状の多くに思いをめぐらせ、私は願う、
欧米諸国のムスリムへの寛容、またムスリムとの和解を。
十字軍はムスリムから「聖地回復」を目指した
キリスト教徒の軍事行動だと欧米で語りつがれてきた。

だが、「聖地回復」を正当化する事実はなかった。
それでも欧米では十字軍は聖戦だと語りつがれてきた。
千年余を経た現在も、欧米諸国はムスリムを敵視し、
憎悪し、嫌悪する意識を根強く人心にうえつけている。

ある政治家が憲法改正が必要と唱えた。
政権の座を占めてくりかえし憲法改正を説き続けているので、
いま憲法改正を必要とみる若者が増えてきたようだ。

言葉は、言葉が語ることが真実に反していても、くりかえされ
くりかえされて歳月を経ると、人は真実を見失い、
虚構を信じることがある。言葉は兇器となりえるのだ。

8

目頭《めがしら》が熱くなるといい、涙ぐむという。
咽びなくといい、啜りなくといい、しのびなくという。
さめざめとなくといい、しめやかになくという。
なくという動作を表現する言葉はじつに豊富だ。

漢語で「泣」は声をあげてなく「哭」に反し、
声をあげることなく、涕を流してなくことをいう。
しかし哭を含む、なじみある言葉は慟哭だけだろう。漢語でも
嗚咽は咽びなくに同じく、歔欷は啜りなくに等しい。

泣くことを表現する漢語を私たちは殆ど使わない。
そのかわり和語は極度に多い。それらの言葉は
声をのみ、あるいは幽かに低い声でなく言葉ばかりだ。

おそらく私たちには大きく声をあげてなく習慣がない。
一方、声をのみ、声低くなくとき、動作の多くは微妙に違う。
その違いを言葉で使い分けてきたのが私たちの性分なのである。

9

言葉は口にした途端、
すぐ手の届かぬ遠くに去って、とり戻せない。
取消しも撤回もできない。取消すといっても、
口にした事実も、その事実の重みも変えることはできない。

たとえば、いわれない侮辱を耳にして咎め立てしたとき、
侮辱したわけではなくても、諍いを嫌って
相手は謝るかもしれない。しかし謝ったことで
その心はふかく傷つき、日々傷口をふかくする。

謝られた側にしても、侮辱されたと信じているかぎり、
謝られて心の傷が癒えるわけではないのだが、
顔を合わせれば何事もなかったようにふるまうのだ。

こうして私たちの社会は平穏無事を保っているのだが、
私たちが毎日かわしている言葉の裏側には、いつも
こんな恨みつらみがくろぐろととぐろをまいているのだ。

10

私たちが感じ、考えることを、正確に過不足なく
言葉で文章を紡ぐことは容易ではない。
そして、文章は一旦公表されれば、書き手の手を離れて、
読み手の自由な鑑賞や批判にさらされなければならない。

たとえば「目を上げて山を見る」という文章を読むとする。
続きがなければ意見はいえない、という批判があるだろうし
救いを待っているのではないか、という感想は
詩篇第一二一を脳裏においた好意的な鑑賞といってよい。

しかし、そうではない。山裾の一隅に佇み、
端然と屹立する山を見上げるとき、山は私たちにとって
心の癒しであり、励ましであり、慰めでもありうるのだ。

目を上げて山を見る、という一文は
こういう豊かな情意をもつ動作を簡潔に表現している。
だから、ここに私たちは言葉の働きの一つを知ることとなる。

11

流れゆく大根の葉をうたった句がある。
下五を、早さかな、と結んでいる。※
たぶん畑から大根を収穫したさいにちぎれ落ちた葉が
灌漑用水を流れる早さに注目したのだろう。

これはどこといって興趣のない平凡な風景であり、
作者がどこに興趣を覚えたかは分らない。
灌漑用水は淀むように緩慢に流れるのが普通だから、
流れの早さ、葉の流れゆく早さに目をとめたのであろう。

だから、流れゆく葉の早さから、世相の変りゆく早さに
思いを寄せたのかもしれないし、あるいはもっと深読みすれば
人生の無常迅速を見ていたと解すべきかもしれない。

平凡な風景からも私たちは多くを学ぶことができる。
そして、言葉は寓意を表現することができる。だからといって
この作に寓意をみるのはたぶん間違いだろう。

※　流れゆく大根の葉の早さかな　虚子

12

みどりの黒髪という言葉がある。
なぜ黒髪がみどりなのか。この言葉は
中国語の緑髪の訓読みという。李白の古風に、
中に緑髪の翁あり、雲を披《かぶ》り松雪に臥す、とあるという。

雲をまとい松の雪に臥す翁は仙人だろう。
仙人が奇怪な緑の髪をしていてもふしぎではない。
だから、みどりの黒髪は緑髪の素朴な訓読みではあるまい。
きみは憶えているだろう。

逢曳の日の午後、ニレの木蔭に佇む少女の
肩までのびたつややかな髪が風に揺れるとき、
みどりの翳を帯びていたことを。

かつて宮仕えの女房との忍び会いの夜更け、
月明りの下、彼女の髪はみどりにかがやいていた。
古人はそんな青春の日の思い出からこう訓読みしたと思いたい。

13

利久鼠は猫の狙う鼠の一種ではない。
利久鼠は色の名だ。抹茶の緑をふくむ灰色のことだ。
城ヶ島の磯に、利久鼠の雨がふる、
そううたわれた雨の色が利久鼠だ。

利久鼠は黒の系統、黒は濃い墨色だ。
鉄色ともいわれる鈍《にび》色もこの系統の色だ。
鈍色が青みをおびれば青鈍、緑をおびれば利久鼠。
淡墨色の灰色でこの系統の色は終る。

私たちの祖先は何とさまざまな色を作り出したことか。
また、それらの色に、何と優雅な言葉で名づけたことか。
だが、雨に色があるか。誰が利久鼠の雨を見たか。

たしかに作者は城ヶ島の磯に利久鼠の雨を見たのだ。
当時、彼の生活は危機にあった。彼の心はすさんでいた。
そのすさんだ心が緑がかった灰色の暗い雨がふるのを見たのだ。

14

沢に飛びかう螢を見て、王朝時代の佳人はその身体《からだ》から
遊離した魂がさまよっているかのように感じた。[※1]
近代の歌人は草の上をつたいゆく螢に呼びかけて、
短いにちがいない彼の生を、死なしむな、と願った。[※2]

晩年の彼は螢が一つ光るのをしばし見守り、
やがて、いざ帰りなむ老の臥処《ふしど》に、とうたった。[※3]
幽かに光り、はかなく生を終える螢に、彼は
彼の生を見ていた。私たちの生は束の間の幻に似ている。

言葉は決して止《とど》まらない。だから静止するものよりも
移ろいやすい生を豊かに描くのにふさわしい手段だ。
螢など鳥獣虫魚に託して、広く深く生を描くことのできる手段だ。

いま私たちは螢を見ない。私たちをつつむ闇は暗い。
私たちの生がかりに一瞬の閃光を放つとしても
誰も気づかないだろう。言葉は私たちには空しい手段であるか。

※1　和泉式部集「ものおもへば沢の螢もわが身よりあくがれいづるたまかとぞ見る」

※2　斎藤茂吉『あらたま』「草づたふ朝の螢よみじかかるわれのいのちを死なしむなゆめ」

※3　右同『白き山』「螢火をひとつ見いでて目守《まも》りしがいざ帰りなむ老の臥処《ふしど》に」

15

量販店の店先で「言葉」が憤然とした面持で何か呟いていた。
近づいて何が不満なのか、と訊ねると、先進諸国が
私たちを愚昧化する陰謀をめぐらしている、という。
そんな莫迦な妄想、と一笑にふしたら「言葉」はむきになった。

明治以降私たちの祖父たちは欧米語の訳語を案出し、
識字率の高い日本人に普及させ、日本を近代化した。
ところがどうだ、このごろはパソコンなど、英語ではない、
日本語にもなかった用語がまかり通るようになった。

最近ではアプリとかクラウドとか、訳の分らぬ用語が横行するばかりか、ＵＳＢ、ＩｏＴなど、どういう英語の略語か見当もつかない用語まで大手をふってのし歩いている。

これでは日本人の識字率は低下し、日本文化は衰頽する。そう言うから、私たちはそんな用語は使いこなしているよ、と教えてやったときには、「言葉」はもう姿を消していた。

16

力士のしこ名は五音がいい。少年のころに遡れば、
玉錦、双葉山、羽黒山。戦後になれば、栃錦、若乃花、
千代の富士に貴乃花など。四音の大鵬など呼び出しが言いにくい。
それは五音が私たちの言葉の基本だからだ。

こんにちは、こんばんは、さようなら、またあした、など、
私たちは毎日五音の言葉をふんだんに使っている。
五音に次いで私たちが始終使っているのは七音の言葉だ。
お目覚めですか、ご機嫌いかが、おやすみなさいなど。

だから短歌や俳句は私たちの言葉の本質にかなっている。
しかし、太郎を眠らせ、太郎の屋根に雪ふりつむ。
次郎を眠らせ、次郎の屋根に雪ふりつむ、はどうか。

雪ふりつむを雪はふりつむとでもすれば八七七音となり、
言葉の本質にかない、調べは整うが、作者は情緒に流れるのを
嫌ってことさら雪ふりつむと抑えた、それが現代詩の作法だ。

※　太郎を眠らせは七音で読むこともできる。

17

短い冬の日の遅い午後、竹林を渡る風は冷い。
弱い日差しのさしこむ暗い部屋の一隅に
ひそやかに、すっくと、キクが一輪立っている。
そのまわりだけが明るい。

キクに弱い冬の午後の日差しが注がれている。
キクは弱い冬の午後の日差しを花と茎いっぱいに受けている。
静寂が領している部屋の一隅に
キクだけが弱い冬の午後の光を浴びている。

キクが弱い冬の午後の光を集めている。
キクは弱い冬の午後の光を身にまとっている。
キク一輪、孤独に耐えて、すっくと立っている。

キクは身にまとっているのは自分の光だけだ、という。
耳を澄ますと、そんな言葉を私たちは聴くことがある。
みかえれば素知らぬふうにキクはすっくと立っている。

※　冬菊のまとふはおのがひかりのみ　水原秋桜子

18

言葉に味つけされることがある。
甘言に苦言、甘い言葉ににがい言葉のたぐいだ。
甘い言葉は相手をうっとりさせてたらしこむ手段だ。
苦言は相手の弱点をついて呈する忠告の一形式だ。

小金持《こがねもち》の老女に未上場の株を勧め、上場されたらごっそり儲かるという業者、上気した老女、これが甘い言葉だ。
両親の介護のため寝不足で、勤務中始終居眠りする部下にこれではじきにクビだと警告する上司。これが苦言だ。

未上場株を勧める業者には誠意がない。
居眠りする部下を叱責する上司には思いやりがない。
彼らはどちらも相手を思うままにできるという傲りがある。

甘い言葉、にがい言葉、甘言、苦言、みんないらない。
水の如き交りの君子とまでは云わないけれど、私たちの間では
味つけされた言葉を耳にしたくない。

19

昨日の午後、わたしは彼氏にふられた。
なので、わたしは明日にでも次の彼氏を探し始めたい。
彼にふられたからといって、すぐ次の彼を探さなくてもいい。
ふられたことは原因だが、新しい彼を探すのは必然的帰結ではない。

不動産ブームが去って不景気になった。
なので、あの会社は人員整理にふみきった。
不景気になっても、必ずしも人員整理をする必要はない。
不景気は人員整理の動機であっても、その原因ではない。

「なので」は前文で原因・理由を示し、次の文で
その帰結を示すというが※、前文は原因・理由に限られないし、
次の文は必然的な帰結を示すわけではない。

「なので」はあまりに手軽にもてあそぶように使われている。
「なので」が社会的に認知されたとしても、
日々日本語の乱れを増幅していることを私は嫌悪する。

※　「なので」〔接〕前に述べたこととそれを原因・理由として導かれる帰結とを結びつけることを表す。(『新明解国語辞

典・第六版』）

〔接〕前に述べたことを理由として、その帰結を導く意を表す。（『明鏡国語辞典・第二版』）

〔接〕（前を受けて）そうであるなら、だから。「準備万端整えた。なので心配していない。」（『三省堂国語辞典・第六版』）

20

「いま」という時はない。
「いま」と思った瞬間、「いま」はもう過去になっている。
私たちはいつも「いま」以前の過去の累積を背に
生きていながら、未来は濛々たる未知なのだ。

一分という時間があり、六十分で一時間という時間があり、
二十四時間で一日という時間がある。
時間という言葉は時刻と時刻の間を測って
私たちの生活の便利のために与えられた言葉だ。

私たちの生活の便利のための言葉としての時間以外に
時間があるか、時間があると考えたために
プラトン以来、多くの哲人たちが苦労してきた。

しかし、空間に対する、時間はないと考えたらどうか。
うつろいやすい時とは和歌の世界の幻想にすぎない。
私たちには累積した過去と濛々たる未知の未来しかない。

21

「陽気で、坦々として、而も己を売らないことをと、
わが魂の願ふことであつた！」※

この詩句の「わが魂」を
「わが心」とおきかえることはできない。

心は、私たちの知性、感性が外界に向かって働きかけ、
外界からの働きをうけて反応し、働きかえす。
魂は、私の中のもう一人の私であり、
私を瞶め、また時に叱咤し、また時に決意をうながす。

心といい、魂といい、
似ていながら、それぞれ千差万別、多様な意味をもつ。
私たちが的確にこれらの言葉を使い分けることは難しい。

しかし「わが魂の願ふこと」は信条告白だ。
この決意をうながすのは魂だ。だから「わが魂」なのだ。
こうして言葉はそのふさわしい位置を占めるのだ。

※ 中原中也「寒い夜の自我像」

22

鮎子といえばピチピチした若い女性の名として
映画や小説のヒロインにふさわしい。
だが、中国で鮎といえばなまずのことだ。
ヒロイン鮎子は中国人を失望させるだろう。

中国でちょうざめを意味する鮪を私たちはどうしてマグロと呼んだのか。
中国では鮭はふぐ、また調理した魚菜の総称、
鮪は細身の淡水魚、鰤は毒魚のこと。
私たちのよぶ魚の名が中国人の理解と違うのはごく普通だ。

中国には存在しない、私たちが作った漢字も数多い。
鰯がそうだし、鱚がそうだし、
鱈もそうだし、その他多くは中国人に理解できない。

将来、もし中国人旅行客がすしやを訪れることが多くなるとすれば、
いっそすしだねは漢字で書くことを止め
片仮名表記が賢明なのではないかしら。

23

私の前をすたすたと、しかし、かろやかに歩くお嬢さん！
あなたの立居振舞がピシッときまっているのは、
あなたの顔立を見なくとも
あなたが家風としてそうしつけられたことが分ります。

あなたは他人に見られていることを意識しています。
まわりに気くばりし、社会に気くばりするよう心がけています。
それでいて自主的に、すたすたと、しかし、かろやかに
歩く行動様式を身につけているのです。

躾は身についた礼儀作法です。
形だけの礼儀作法ではありません。
容貌の美醜は問いません。強制された規律ではありません。

まわりに気くばりし、社会に気くばりしながら
身についた礼儀作法で立居し振舞うお嬢さん！
あなたこそ私たちの祖先が作った漢字「躾」そのものです。

24

ぼくはきみが好きで好きでたまらない、
結婚してくれませんか、と男性がプロポーズする。
わたしもあなたが好きだわ、でも結婚したいほどじゃないの、
今のままがいいわ、と女性がことわる。

これは私たちの国の若い男女の会話の一例だ。
日本語の一人称は、わたくし、わたしが男女共用、
男性はその他、ぼく、おれ、わしなどさまざまだが
女性はその他はあたくしくらいしかない。

英語の一人称は男女共用のIしかない。
西欧の他の言語でもIに対応する一語しかない。
日本の男性は社会的秩序に順応して一人称を使い分ける。

身内ではぼく、仲間内ではおれ、会社ではわたしなど、
日本の男性は使い分けるが、女性はそんな気くばりはしない。
それは日本の女性には社会的秩序のしがらみが弱いからだ。

25

おれはもうおまえにあいそがつきたんだ、
別れることにしようぜ、と夫が言えば、
わたしは嫌だわ、ぜったい離婚してあげないわよ、
そんな気はないのよ、と妻が言いかえす。

これは倦怠期の夫婦の会話の一例だ。
だ、は説得、ぜは念押しの終助詞、どれも男性語だ。
わは女性語、決意や主語を強調する終助詞、
よも女性語としては、断定の意志表示の終助詞だ。

英語には階級差による発音の違いはあっても、
男性語、女性語の区別はない。他の西欧の言語も同じらしい。
日本語の特異性は日本社会の特性に由来する。

身分が自分と同じ又は目下とみられる者の間で小社会ができ、
この小社会で男性語がはばをきかす。女性差別があるから
対抗するため、女性の存在を誇示するために女性語があるのだ。

26

わたしはあなたの優雅な物腰、
人生経験豊かなお言葉に魅了されています、
どうでしょう、お互いに連れ合いに先立たれているので、
茶飲み友達としておつきあい願えませんか。

定年退職後の男性が中年過ぎの女性に
こんな便りを送ったと仮定してみよう。
彼は合理的な提案を的確な言葉で表現したから
相手の女性がきっと応じてくれると信じている。

ところが、女性は、これは私の財産目当てじゃないか、
男日照りじゃないし、つきまとわれるのは迷惑だ、
そう考えて、破って棄ててしまうかもしれない。

自分の気持を的確に表現するだけでは足りない。
相手の性質、環境などへの心遣いがなければ、思いは通じない。
言葉を使いこなすのは至難だと思い知らねばならぬ。

27

東京駅丸ノ内南口ホールで「言葉」が私を待ちかまえていた。
アメリカでは94・5％の人のニュースソースはＳＮＳだそうだ。
しかもＳＮＳにはフェイクニュースが氾濫しているという。
そんな状況は歎かわしいと思わないか、と問いかけてきた。

日本でも状況は同じじゃないか、新聞やテレビで
ニュースを知る時代は終わったのだよ、と教えてやると、
フェイクニュースといわず偽ニュースといえばいい、
それにフェイクニュースに騙されていいのか、と詰問する。

フェイクニュースに対しては反論もＳＮＳに出るし、フェイクだとすぐ分るから心配しなくてもいいのだよ、と言うと「言葉」は納得しかねる表情で丸ビル方向に歩きだした。

どこへ行くの、と訊ねると、文房具屋へ行くという。北口に近い丸善を除けば、丸ノ内にはもう文房具屋はないんだ、そう教えると、「言葉」は落胆と驚愕でその場にへたへた坐りこんだ。

28

視は見ることだから、見る眼と見られる対象の間に架空の線を想定し、視線というのは自然だ。だから、彼が彼女に熱い視線を注いだといい、彼女は満場の群衆の視線を集めたという。

目は静止しているから、目と対象の間に架空の線を想定できない。だから、目線は不可解な言葉だ。それでもいま、目線が視線にとってかわり、視線はもう死語となったも同然だ。

主婦の目線でみると、あの政策は男性本位だと非難する。
このばあい、目線は視線の言いかえの域を出ている。
主婦の立場、主婦の見方という意味だ。

これほど言葉が乱れてくると、彼が彼女に
熱い目線を注ぐ、というのを聞いて違和感を覚えるなら
きみは私が時代遅れになったような気になってしまうのだ。

29

——きみ、見たまえ。あの超ミニスカートの青年を、
まるでカモシカのような肢がじつにセクシイじゃないか。
——きみが言うのは、あそこに立っている彼女のことか？
彼女なら女性だから、青年じゃないよ。

——青年とは青春期の男女を意味するのだよ、
辞書を見てご覧、青年は壮年、老年と同様、
ヒトを年齢で分けた区分の一つなのだよ。
——それなら辞書が可笑しいのじゃないかな。

——可笑しいからといって辞書が間違っているとはいえないよ。
それが本来の意味であることは認めざるを得ないだろう。
——そうはいっても、青年といえば普通は男性だよ。

——たしかに、どういうときに女性を青年というのか、
説明してくれなければ、国語辞書は
不親切で、怠慢で、信用できないとも言えるだろうね。

※「青年」の語義
青春期、青春期の男女。（岩波国語辞典・第七版）

人を年齢によって分けた区分の一つ。（三省堂国語辞典・第七版）
人を年齢によって分けた区分の一つ。（新明解国語辞典・第七版）
青春期の男女。多く一四、五歳から二四、五歳の男子をいう。わかもの。（広辞苑・第七版）
一四、五歳から二四、五歳の男女をいう。年の若い人。青春期にある男子、また女子。（日本国語大辞典・第二版）
二〇代を中心とする若い男女。青春期の若者。（明鏡国語辞典・第二版）
青春期にある男女。特に男性。（新潮現代国語辞典・第五版）
二十歳前後の男子、または男女。二十代後半までいうことがある。（講談社国語辞典・第三版）
青春期にある男女。一四、五歳から二四、五歳ころの人。若人。（学

研現代国語辞典・第二版）
青春期にある若い男女。一四、五歳から二四、五歳までをいうが、広く三〇代をも含めていう場合もある。若者。わこうど。（大辞林・第三版）
青春期の男女。一〇代後半から二〇代の、特に男子をいうことが多い。わかもの、わこうど。（大辞泉・第二版）

ある少女が立ち位置が決められないと嘆いていた。
彼は長いことつきあっていた彼女がいるのに、
最近別の女《ひと》が好きになったらしいの、ところが彼女たちは二人とも
あたしの親友だから、あたしは途方に暮れているの、という。

米国第一の保護主義のためか、米中関係は冷えこみ、
米国とEUとの関係も悪化、中東状勢も不安定、
世界の貿易秩序は破綻に瀕しているのだが、
わが国の立ち位置はまるで決まっていないようだ。

立ち位置とは元来は俳優が舞台で立つべき位置を指す言葉だが、
最近の一部の辞書は、※人間関係や社会の中で、
ある人がとろうとする立場や観点をいう、という語義を加えている。

だが、立ち位置は、誰それに、どう向かい、どういう距離をとり、
どう行動するか、態度を決めて立つ位置をいうのだ。
こういう易しい言葉に新しい意味を与えたのは何という素晴しさだ。

※　岩波国語辞典・第七版新版

後記

この詩集は、言葉の本質、機能、生態などの省察を一四行詩の形式で表現した作品集の第三集であり、そのむすびにあたる。

これまで私は同様の省察を一四行詩の形式で表現した詩集『言葉について』20章（二〇一六年九月刊）および『新輯・言葉について50章』（二〇一八年五月刊）を公表したが、なお、言葉についての省察をとどめ難く感じていた。そこで、さらに30章を書いてこの省察をむすぶこととした。

このような省察を一四行詩の形式で表現してもなお、これも詩という範疇に属すると私は考えているが、同時に、詩という領域に対する一種の冒険であり、挑戦であるとも考えており、この100章により言葉の多面的相貌を多少でもとらえることができたとすれば幸いである。

二〇一九年六月一一日

中村稔

むすび・言葉について　30章

2019年7月23日　第1刷印刷
2019年7月30日　第1刷発行

著者　中村稔

発行者　清水一人
発行所　青土社
〒101-0051 東京都千代田区神田神保町1-29 市瀬ビル
［電話］03-3291-9831（編集）　03-3294-7829（営業）
［振替］00190-7-192955

ブックデザイン　菊地信義
印刷・製本　ディグ

ISBN 978-4-7917-7187-5
Printed in Japan